신나고 신기한 고양이 마을 싱냥타운 이야기

싱냥툰

초판 1쇄 인쇄 2018년 9월 5일
초판 1쇄 발행 2018년 9월 15일

글 · 그림 싱싱

발행인 최현준, 김소영
편집 성실
디자인 박영정, 신묘정
홍보기획 문수정

펴낸곳 빌리버튼
출판등록 제 2016-000166호
주소 서울시 마포구 양화로 15안길 3 201호(윤현빌딩)
전화 02-338-9271 ǀ **팩스** 02-338-9272
메일 billy-button@naver.com

ISBN 979-11-88545-29-2 00810
ⓒ 싱싱, 2018, Printed in Korea

이 도서의 국립중앙도서관 출판예정도서목록(CIP)은 서지정보유통지원시스템 홈페이지(http://seoji.nl.go.kr)와
국가자료공동목록시스템(http://www.nl.go.kr/kolisnet)에서 이용하실 수 있습니다.(CIP제어번호:CIP2018028073)

신나고 신기한 고양이 마을 싱냥타운 이야기

싱냥툰

싱싱 글·그림

따스하고 아늑한 시선을
고양이에게

이 책에 등장하는 고양이들은
지금 제 옆에 있는 두 마리의 고양이,
이 책을 읽는 누군가의 고양이,
혹은 어디서고 쉽게 마주칠 수 있는 길 위의 고양이,
또는 세계에 흩어져 있는 모든 고양이일 수 있습니다.

'이러이러한 상황에서 고양이라면 어떻게 행동을 할까?'
'만약 고양이가 이런 직업을 갖고 있다면 어떤 모습일까?' 하는
다소 엉뚱하고 귀여운 상상들에서 비롯된 이야기들을 가득 담아 보았습니다.

고양이와 동거 중인 집사는 바로 공감이 될 거예요.
고양이를 좋아하는 분들도 그들의 엉뚱하고
사랑스러운 모습에 미소가 머금어지실 거예요.

제가 바라는 마음은 한 가지입니다.
제가 고양이들에게 느끼는 이 따스하고 아늑한 시선을
《싱냥툰》을 보시는 분들도 똑같이 느끼시길 바랍니다.

영차-

차례냥

✦ 고양이, 너희들이 그렇다 ✦

11

✦ 자세히 보지 않아도 예쁘다 ✦

✦ 오래 보지 않아도 사랑스럽다 ✦

고삼냥, 양말냥,
닥터냥, 낭만냥...

일상과 상상
그 사이의 이야기

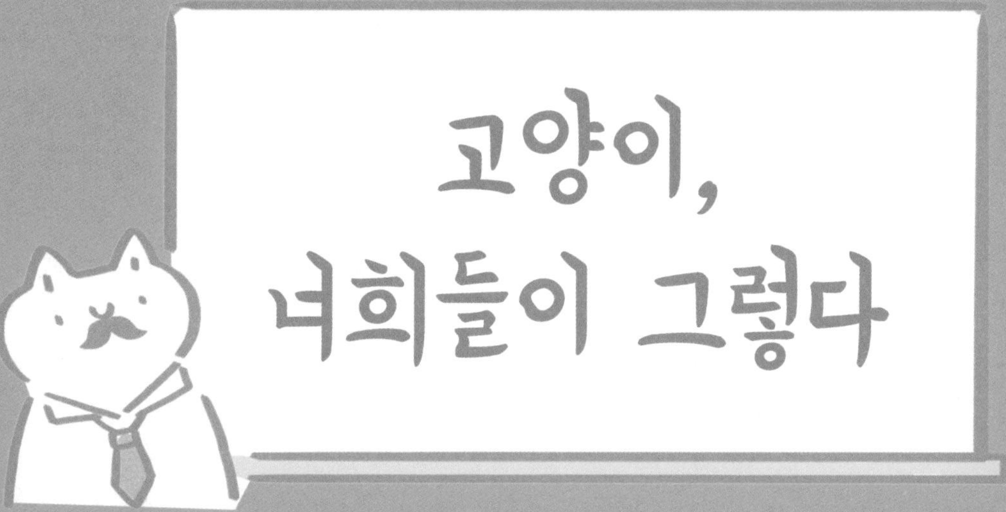
고양이,
너희들이 그렇다

컵
냥
스

식빵 속 숨은 냥 찾기

광합성 하는 날

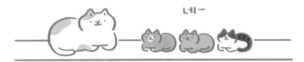

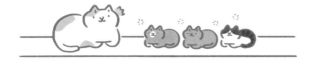

가까이 가서
볼까?

아니···
큰 고양이 돌봐
어미인가?
무서워.

6개월

울먹

< 어린냥집 수영장 현장학습 날 >

여러분,
조심히 놀아야 해요!

네 -!

여러분, 여기서 뭐해요?

물이 시러여… 털에 물 묻는 거
물 시러…

나도 시러여…

선생님은 망둑어랑

감자 먹을 밥…
여러분,
밥…은요…?

…

… 헤…

…

꼬옥!

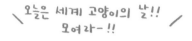

와아아 - 짝짝짝-

솜사탕 월드

1교시 고양이학 개론

스-윽

...!

학학

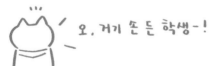

오, 거기 손 든 학생-!

이 세상은 더불어 살아가는
세상이져-

호앗

영차~

그릉그릉그릉그릉 그릉 그릉 그릉 그릉 그릉그릉 그릉

가을비 묘연

가을비가 내리는 날이면

접시를 처음 만난 날이 생각납니다.

우리집에 같이 가자!

고마워요, 당신.

참치 맛 사료

제가 참치를
좋아해여···

뭉지락 뭉지락

기묘한 상점

너

완전 내 스타일 ☆

좋아하는 색깔

나는 노란색이 좋아

집사 머리카락도 노란색이라 좋아

어느 날

딸칵—

나왔어!

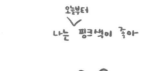

고맘미 쓰다듬기

1. 리프팅 쓰다듬기

2. 가만가만 쓰다듬기

가끔 물고 다니고 싶은
양말 한 짝.

두 개 부러졌지만
아직 하나남은
깃털꼬치!

칭 조금 묻은
쥐돌이!

아주 조금 남은
트리‥ㅅ‥흥…

아니‥
이건말고…

다녀왔어!

응...

부시럭~

잘 다녀왔어?

이것저것 더 좋은 걸로 바꿔 왔어!

엄청 진짜 같은 뱀인형!

냉장고 밑에서
죽었다는 캣닢공!

몇 번 안 질겅떤 충전기줄!

트릿 5개랑 바꾼
츄르!!

취향조사

1. 냥통수파

2. 냥젤리파

박력고백

사랑해!

사랑한다!!

박력

음...

뭐지뭐지

최대한 많-이 주세요!

몇 송이 드실까요?

그 꽃 주세여!

음... 엄청 비쌀 텐데...

이거 한 가닥이면
충분할 거예요!

우리 집사가 소듕히 오으던 거예요!

이게 뭐죠??

수염
↓

꿈냥꿈냥

이 세 분은 불면증입니다.

흠… 크흠흠…

그릉그릉그릉

골골골골

고릉고릉고릉

그릉그릉그릉

딸기파티

냥코냥코 카페

냥코냥코 카페를 운영하는 냥코 씨

신-중

우와! 헷 너무 예쁘다!

뿌듯

정-성

끄덕
끄덕

찰칵
찰칵

그날 밤

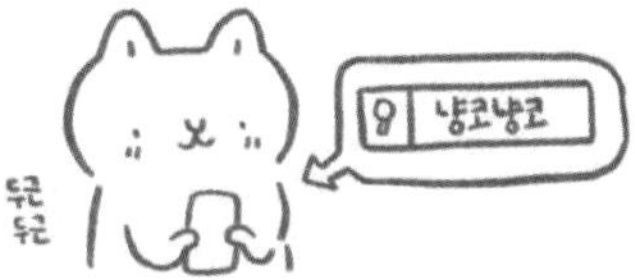
냥코냥코
두근
두근

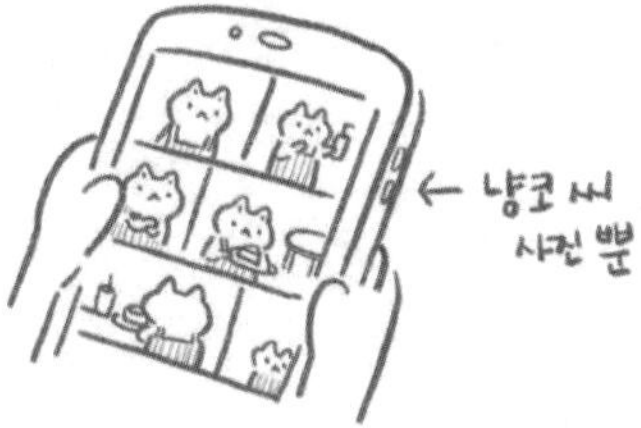
← 냥코 씨
사진 뿐

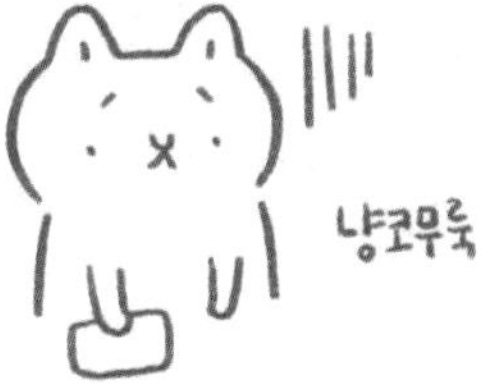
냥코무룩

자세히 보지 않아도
예쁘다

연휴를 맞이해
최고급 호텔로 휴가 온 냥만 씨

호캉스다~♪

저녁은 맛나는 최고급 츄르

거품목욕 해보고 싶었는데…!

다음 생에…   오늘은 깍깍이 너 혼자…

울써러…

야경을 보며 최고급 침대…

…가 아닌 챙겨온 상자에서 잔다☆

냥춘 씨의 외출

벚꽃을 보러 가는 냥만 씨

두근 두근

벌컥

휘이잉-

스웨터

스웨터나 짤까…
털…실

10분뒤

꺄-
털털 너무 죠아-

10분 뒤

아…

배고팡—
밥 먹어야지!

일본 여행을 가게 된 냥만 씨

틀린 그림 찾기
꿈속의 고양이숲

흐어어어엉..!!!!

잉…시러 시러…

살려죠!!
등에 이상한 게 붙었어!!

돌돌이 →

어기적

어기적

아휴… 돌돌이가 붙었잖아…
뭘 그런걸 가지고…휴!

그냥 예어내면 되니
걱정마시…

힝…

척!

부,붙었…!

평온…

흐에에엥!

안 떨어져!!!

우다다닥!

흐어엉!

히이잉!

우당탕!

골라골라

골라골라

골라골라

안락한 휴식…
편하게 쉬고 싶어요!

뿌-득

이것저것 골라봤어~
마음에 드는 거에 들어가 쉬어 ☆

펑!

나는 고독하고 고고한 고양이
고고고…

묘생… 무상… 노램…

우쒸앵...

노제...ㅁ...

뀨뀨 꺄깡

야!!!

사뿐사뿐

나는 고독하고 고고한 고양이
고고고...

턱시도 뽐내기 대회

...?

까까 뀨뀨!
전 창치창치!

냥! 냥!
가다랑어 츄르 먹고 싶어여!

...... 개무룩

츄믈리에

음식에 맞는 츄르 좀
추천해주세여!

네, 알겠습니다!

A츄르는 바디감이 무겁고
밸런스가 뛰어나군여!

B츄르는 맛이 딥-하고
향이 좋아여!

...?

흐흑

레
모
차
아
아 아 아

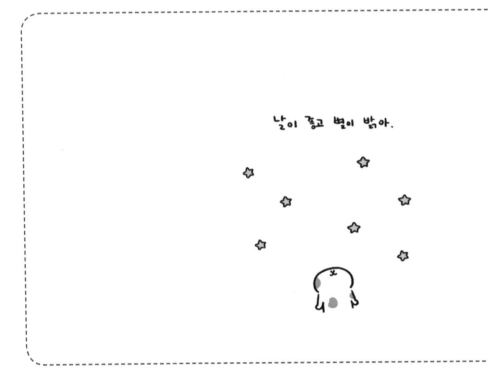

바람도 선선하니 참 좋아.

나는 잘 지내.

그런데 이따금씩 생각나.

너는 어때?

보고싶다.

넙죽

새해복
맣이 받으세여!
⋮
기브이 세뱃돈…

나도 너랑 나이 같거든?

정-색

아, 그렇구나.
미, 미안

무안 …

10월생

3월생

사, 사라지다니…!!!

냥냥 스피드 퀴즈

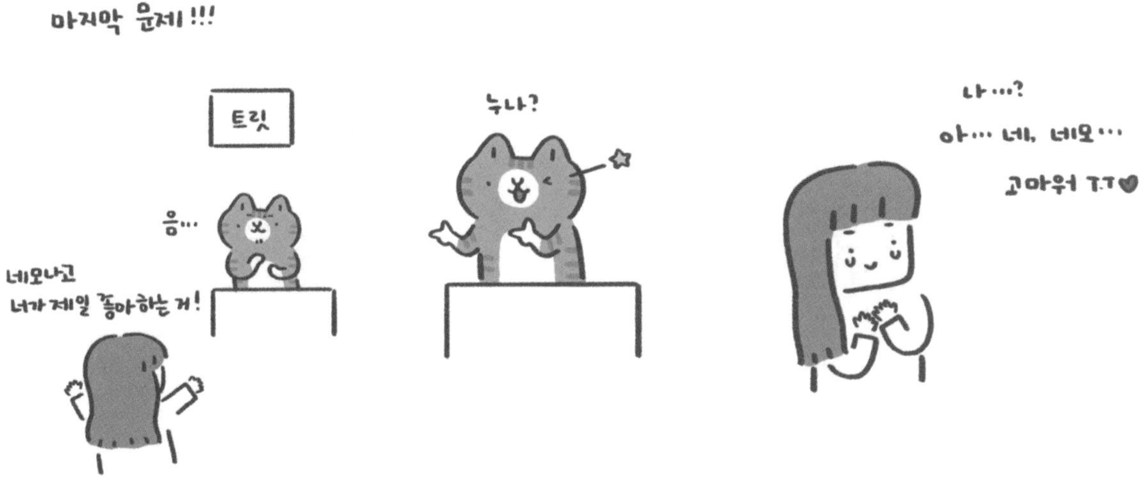
마지막 문제!!!
네모나고
너가 제일 좋아하는 거!
음...
트릿
누나?
나...?
아... 네, 네모...
고마워 T.T♥

어떻게 잘라드릴까요?

귀, 귀엽게…?

Behind cut

그 병원이 제일 잘 나가는 이유

'고냥숙'님
치료실로 들어오세여⋯

집사네서 가져온
열뿜뿜 담요예여⋯!

골골골-

뾰듯

콜콜

까꾹꾹꾹 꾸꾺꾹
까꾹
까꾺꺄

자, 자 다음은
워적

…시바우옥

오늘밤 11시… 냥냥공원 벤치 뒤…
드디어 오늘이군 …

모두들 모였나요…?

어슬렁-

음슴-

자… 이제 시작을…

골골골골골골골

봄바람 좋-다

달빛도 좋-다

다음엔
어디서 볼까여?

뽕쥬디

호로록-

< 빈칸을 채우시오 >

오래 보지 않아도
사랑스럽다

모자

모자 샀다!

빙글빙글

성냥 사세여 …

성냥을 다 태워도 추워 …

털썩ㅡ

들어오세여 —

난 그냥
말렸는데…?

난 그루밍을
열심히 했지!

검사가 빗질을
안 해줘서
조금 밖에 못 앉정…

털 수선집

바스락

우왕~

헛

내 이름은 뽀시!

내 이름은 래기!

퓨 - 전

우리는 뽀시래기다!

이런 수가 엄청난 검디력 수치다!

삐
삐
삐
!!

삐
삐
!

그거 말고!

과일사세여ー

얼마져?

파인 애플 이여?

아녀. 그 상자여—

안 팔아여.

스파이를 찾아라 2
냥냥집회

꽃집을 연 꽃냥씨

선물할 건데
추천 좀 해주세요~

음... 잠시만여!

그게 뭐죠…

?

좋은 캣글라스가
많이 들어왔어여

…

마이쩌영 냥냥

우물
우물

뿌샤뿌샤

와르르—

쿠당탕

아휴 증말.
이노무 직업병..

요오—

오—

우오—

↖ 전직 목수

여러분 날도 좋으니
공원에 갈까요?

네-!

위험한 곳에 가지 말고
안전하게 놀아야 해요-!
알았죠?

네-!

스파이를 찾아라 3
스케이트장

냥푼젤

나는 냥푼젤

쮸

지루해…

심심해…
누구든 올라와서
놀아줬으면…

. . . . . .

너희만 놀지 말고

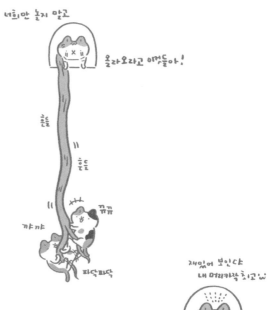

올라오라고 애들아!

재밌어 보인다
내 머리카락 최고!!

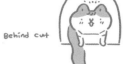

Behind cut

사료벌이

사료벌이를 위해
친구들과 새로운 사업을
시작했습니다!

CAT PAW

500

500원을 넣으면

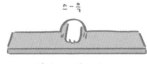

스-윽

냥발이 나옵니다

힐링타임-

제한시간은 3분!

꺄!

살포시

많이 애용해주세여 'ω'

Behind Story

너 화장실 가서
아까 내가
두 번 했잖아

이이이잉...
이잉! 칭나

나 졸려
안 할래

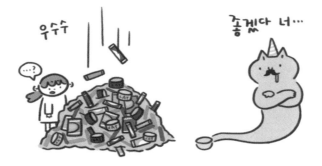

고삼냥의 패기

신나! 신나!

수능이 끝난 고삼냥 양.

사고 싶은 게 많아!

알바를 구해야겠어!

롱패딩...

프리패스 고삼냥

아니,
학력경력을 쓰랬더니
이게 뭡니까!
귀여우면 답니까!

뀨..

어서오세여...

헷

귀여우면 장땡!

어어 아들이라뇨!
딸이에요!
여여쁜 딸이라구요!

학교다녀와쩡—
오구오구
왔니?

등교♡

유튜버 고양이

안녕하세여!
유튜버 고영이 입니다.

오늘은 늡방을 해볼까 합니다.

헷

빨 ㅡ 똥

그... 구독이랑 '좋아요' 한 번씩!
다음 방송은 뭐하지... 의견 남겨주세여...

졸려...

평온한 시간

정답

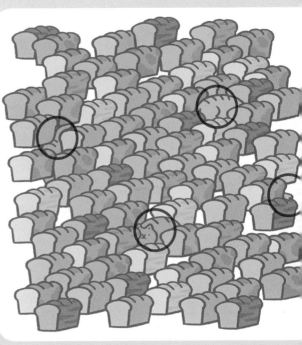

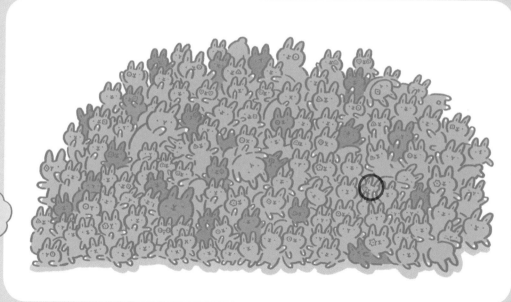